고래

고래

2
0
2
0

70년대 _ 고래동인

강은교

김형영

윤후명

정희성

문학나무

김형영

윤후명

정희성

무엇인가-

휘익-

지나갔다-

내 눈 가장자리로-

지금-

여기-

시인의 말 _ **강은교**

고모가 잡풀을 뽑네
곁에서 나도 잡풀을 뽑네
잡풀을 뽑다가 원추리 떡잎도 같이 뽑네
고모도 1센티쯤 자란 채송화를 뽑았다고 한숨을 쉬네
뽑힌 그것들을 다시 묻어주고
함께 기도하네
살려주십사, 살아주십사, 살려주십사, 살아주십사
한 기도는 내 기도이고
또 한 기도는 고모의 기도이네

고모가 잡풀을 뽑네
손톱보다도 작은 꽃이 핀 그것들
차마 뽑지 못하네
내가, 내가 잡풀을 뽑네
잡풀이 들고 있는
손톱만한 바람을 보고
차마 머리칼을 심장가로 쓸어버리지 못하네

잡풀아 잡풀아
하늘을 들고 있는 잡풀아
바람을 들고 있는 잡풀아
힘들면 내려놓으렴

숨들면 내려놓으렴
고모가 호미를 던져버리네

　　　　　고모여, 고모여, 당고마기고모여

고모가 잡풀을 다시 심네
손톱보다도 작은 꽃이 핀 그것들
차마 뽑지 못하고
다시 심네
마당에 손톱꽃이 가득, 가득, 가득

[손톱꽃]

　　　　　　　　　　　　　　　　　　강은교

저녁에 양파는 자라납니다.

푸른 세포들이 이슥히 등불을 익히고 있습니다

여행에 둘러싸인 창틀들, 웅얼대는 벽들

　　어둠을 횡단하며 양파는 자라납니다

　　그리운 지층을 향하여 움칫움칫

　　사랑하는 고생대를 향하여 갈색 순모 외

　　투를 흔듭니다

　　저녁에 양파는 자라납니다

　　움칫움칫 걸어나오는 싹

　　시들며 아기를 낳는

　　달빛 아래 그리운 사랑들

애인들이 푸른 까치발로 별을 따는

　한 사내가 이슬진 길을 떠메고 푸른 골목 속으로 사

라지는

　푸른 눈꺼풀들이 창문마다 돛을 서걱이고 있는, 또

는 닻을 펄럭이고 있는

[시든 양파를 위한 찬미가]

거대한 돌-

사람

사랑닢-

사랑니

푸른-화살

가슴에 품은 푸른

구름을 뚫고 나가는 푸른-

푸른- 꽃

화살닢

너의- 심장

명중

-

푸른- 화살

가슴

걸었네

영원회귀-자

[돌 사람]

강은교

흐른다 흐른다 흐르는 것은 시간만이 아니다 고모의 손도 흐른다 보리수 밑으로 흐른다 흐른다 흐른다 아, 고모- 당고마기고모, 흐르는 것은 구름만이 아니다 흐른다 흐른다 월요일 만이 아니고 월요일의 노동만이 아니고 고모의 머리카락이 흐른다 지붕처럼 흐른다 마당처럼 흐른다 배춧잎처럼 흐른다

흐른다 흐른다 고모의 구름무늬 블라우스처럼 흐른다 흐른다 흐른다 고모네 장롱에 가득찬 어둠처럼 흐른다 흐른다 고모는 어둠을 꺼낸다 흐른다 어둠은 모든 돌 위로 흐른다 켜진다 켜진다 어둠의 뒤에서 등불이 어둠을 껴안는다 흐른다 켜진다 돌이 흐른다 켜진다

흐른다 켜진다 네가 흐른다 켜진다 너의 손이 흐른다 켜진다 언덕처럼 흐른다 켜진다 피를 흘린다 피는 너의 수액 나를 기다리는 너의 지층 아야아-

[흐른다]

그 음식점이 또 유혹한다, 시골보리밥집, 골목끝 허름한 식당, 메뉴는 보리밥과 팥칼국수가 전부, 팥칼국수를 사먹는다, 둘러보니 낡은 고동색 탁자가 두 개 놓여 있고 갸름한 마루에는 때가 많이 탄 도화빛 방석들이 포개져 있다, 낡은 선풍기가 먼지를 뒤집어쓰고 날기라도 할듯이 천정에 매달려 있다, 그 옆 누우런 벽에는 길다란 구식 달력도 걸려있다. 열무김치 쟁반을 들고온 식당 아줌마는 한 마디도 없다. 팥칼국수 한그릇을 다 비우고 일어서자 말없이 전기밥솥 옆에 웅크리고 있는 카드기계를 꺼낸다,

　밖으로 나오니 빗방울이 제법 많이 떨어진다, 어둠 속에 그 부분만 유난히 환한 편의점에서 우산을 산다,
　어깨 쭉지에 깃털이 날려와 박혔다

[시골 보리밥집]

형제들은 모두 가버렸죠, 지하철을 타고, 강너머로

나는 발뒤꿈치를 세우고 유리창 모퉁이로 들여다
보았어요.
고모가 마악 블라우스를 벗고 있었어요
브래지어도 하지 않은 젖가슴이 전등불빛 아래 백
색 반지처럼 빛났어요
놀랍게도 고모의 블라우스는 가슴께가 뻥 뚫려 있
었어요
구름무늬들이 제 멋대로 떠다녔어요.
방안은 금새 구름무늬들로 가득찼어요.

　　　　고모가 그중 한 구름에 올라탔어요.
　　　　고모의 하얀 젖가슴이 구름 무늬로
　　　　흔들렸어요.
　　　　무한천공, 천공무한, 무한천공, 천공
　　　　무한

　　　　가끔 가장 큰 구름무늬가 웃어대기도 했어요
　　　　그럴 때마다 구름 무늬의 입술은 천공빛 그
　　　　늘에 흔들리면서 얼룩얼룩 해지곤 했어요.

구름 무늬 사이로 흐르는 망자亡者들
그림자 부스러기들
휘어지는 길들
끊이없이 흐르는 고모의 속살

　　　　고모여, 고모여, 당고마기고모여

형제들은 모두 가버렸죠, 지하철을 타고, 강너머로
아무도 돌아오지 않는 밤
구름 무늬 블라우스만 어둠을 개키는 밤
구름무늬 블라우스를 타고 세계의 하늘 위로 달리
는 밤

[당고마기고모의 구름무늬 블라우스]

　　　　　　　　　　　　강은교

초록 머리카락의 아이가 지하철에서 물고기를 가지고 노네

이어폰을 꽂고 천국의 물고기 비늘 떨어지는 소리를 듣고 있네

[초록 머리카락의 아이]

아마도 거기엔 하얀 댓돌이 있고, 아마도 지금쯤 머리칼이 하얀 나의 언니가 오두마니 앉아 있을, 앉아서 대문으로 들어든 어머니를 기다리고 있을, 기다리다가 머리카락 같은 동그란 모래동산으로 주저 앉잖을, 또는 이팝꽃, 이팝꽃 스며든 땅이 되었을까.

빈 말발굽 소리, 황금빛 손을 펼치는 어느 날.

[내 고향 홍원 풍산리, 혹은 하얀 댓돌]

강은교

……수박, 오이, 양파, 참외, 복숭아, 참외복숭아, 토마토, 복숭아, ……수……박, 참외, 예쁜 복숭아, 마이크에 대고 백내장에라도 걸린 듯이 뿌옇게 소리치는 과일 장사의 목소리가 들려왔다. ……수박, 오이, 양파, 참외……복숭아, 도마토 ……수……박, 참외, 색시같은 복숭아, 속절없이, 파도거품 치듯이 ……애끓는, 그 소리는 어느틈엔가 들리지 않았다. 공기가 그 소리를 먹어버린 것 같았다.

매미가 울기 시작했다. 나뭇잎을 씹는 듯한 그 소리, 씹다가 가지 사이로 밀어넣는듯한 그 소리. 가지를 흔들며 기어가는 듯한 그 소리……애끓는

갑자기 고모가 말했다, 저게 노래군, 애끓는……

[애끓는]

그가 문득 뒤돌아 본다
검은 돌이 날아다닌다

게 누가 날 찾는가, 천리 아비인가, 만리 어미인가

그는 매일 아침 새들이 일어나는 시간을 기다렸을
것이다
그는 꽃사슴들이 아침에 일나가는 시간을 기다렸을
것이다
그는 매일 한낮 고래가 바다를 껴안으러 나오는 것
을 기다렸을 것이다
고래가 파도를 뿜어 올리는 순간 작살을 던졌을 것
이다
작살은 그의 파도길이었을까, 별막대였을까

그는 아비였을까
어미였을까
아비와 어미가 만나는 온도였을까

그가 해거름에 작살을 치켜들고 달려오는 밤을 향
해 던지는 장면을, 생각한다,
그가 잡으려는 고래등에 별이 앉는 장면을, 생각한다

강은교

그의 가슴이 별처럼 통통거리는 장면을, 생각한다
그의 잠이 깊고 깊은 바위 속 심해를 여는 장면을,
생각한다 생각한다

게 누가 날 찾는가, 만리 어미인가, 천리 아비인가

그가 문득 뒤돌아 본다
검은 돌이 날아다닌다

[그가 문득 뒤돌아 본다 — 반구대에서]

고모가 단추를 다네
비 주룩주룩 내리는 날
푸른 돌에 내리는 비처럼
푸른 돌에 내리는 단풍잎처럼
눈물 철철철
단추를 다네

실끝에는 화살이 달려있네
고모가 단추를 옷에 매다네
단추가 고모를 옷에 매다네

실화살, 화살실
실패화살, 화살실패

　　　　　　고모여, 고모여, 당고마기고모여

고모가 빨래를 하네
세차게 물 속에서 셔츠를 흔드네
셔츠의 끝에서 거품이 이네
새의 날개처럼 부풀어 정오 속을 나네

고모의 빨래가 날갯짓하네

　　　　　　　　　　　　　　　　　　　　강은교

고모는 날아가네 빨래 밖으로
고모는 날아가네 정오 밖으로
추억밖으로, 그림자 밖으로, 황도대 밖으로
모든 밖이 안으로 들어가네
날갯짓하며 들어가네

고모여, 고모여, 당고마기고모여

단추들이 날아가네
빨래들이 날아가네
고모의 날개에 앉아 날아가네

[고모의 단추 또는 빨래]

밤하늘에는 꿈꾸는 것들이 가득하네
길들이 가득하네
잠든 보리수 꽃잎들이 가득하네
연분홍 고무장갑을 목에 건 고모 곁
황금테 숟가락들이 가득하네
검은 산그림자들이 가득하네

고모여, 고모여, 당고마기고모여

해진 신발들이 가득하네
푸른 핸드백들이 가득하네
꽃그림 접시들이 가득하네
꺼질줄 모르는 컴퓨터들, 창백한 냉장고들, TV들이
가득하네

밤하늘에, 밤하늘에
우리는 모두 꿈꾸며 가득하네
우리는 모두 꿈꾸며 나아가네, 가득히가득히
지구의 끝으로 또는 처음으로, 가득히가득히

고모여, 고모여, 당고마기고모여

강은교

밤하늘에는 꿈꾸며 나아가는 것들이 가득하네
가득하네

[가득하네]

파리 한 마리
당고마기고모네 연푸른 소파 위를 나네

　　파리가 멈추네
　　순간 파리와 나 사이로 흐르는 전율

벼랑으로 달려나온 피톨들, 벼랑으로 팽개쳐진 심
장조각들

　　파리가 나를 빤히 바라보네

눈부신 초록빛 궁둥이,
　　　　　　를 향해

　　맹렬히 날아가는

초록빛 파리채

[당고마기고모네 소파 위를 나는 파리]

　　　　　　　　　　　　　　　강은교

그리운 것은 멀리 있네
발자욱에서 길을 캐는 이, 아무도 없네, 시를 쓰네

그리운 것은 멀리 있네
눈물 자욱 속에서 눈물을 캐는 이, 아무도 없네, 시를 쓰네

빠른 황혼과 비스듬한 새벽
그토록 많은 입구들, 그토록 많은 출구들 입술을 부비네
시간의 비단 입술에 입술을 부비네

세상의 모든 무덤들이 달려가네
잡풀들이 뒤따라 소리치며 달려가네

그리운 것은 멀리 있네
잠에서 꿈을 캐는 이, 별을 읽는 이
시를 쓰네, 엎드려 시를 쓰네

[그리운 것은]

밥알에 푸른 그늘이 내려 앉을 때

푸른 돌이 장미의 팔을 잡아당길 때

햇빛소리가 댓잎에 출렁출렁 서걱일 때

너의 심줄이 지층에 부딪혀 까마득히 쨍그랑 거릴 때

까마득한 심연가 철로길에서

모든 추락이 비상飛翔일 때

집으로 돌아가는 새의 두 발이 화살처럼 맹렬히 달려갈 때

모든 구석에서 나비들의 일곱 빛 더듬이가 흩날릴 때

고모여, 고모여, 당고마기고모여

사랑이 종소리와 함께

또는, 또는

연잎 발에 묻은 진흙 사이를 지나갈 때

너와 너 모르는 어깨를 겹쳐

죽음 사이를 지나가며 소리 지르는 아야아,

참, 아름다운 시간

[아름다운 시간]

강은교

우리는 참 같은 방식을 좋아하고 있었군
저무는 달을 보고 출렁출렁
울부짖는 파도를 보고 아아아아
시를 썼군, 감탄하면서 시를 썼군

죽은 자들의 글자만 읽고 있었군, 밤새워 읽고 있었군

　　　한밤내 꾼 꿈-비스듬히-비-스-듬-히-빗어내리며

달려가는 길을 보고 인생을 생각했군
　　　　　　　　또는
피어나는 꽃을 보며 아름다움 운운하고 있었고……
　　　　　　또는
튀어오르는 주름을 보고 늙으신 어머니를 생각하고

같은 문에 기대 있었군
창이 깃털처럼 날리는 문, 실바람에도 비틀덜덜-주
눅드는 문

풍경 속에서 풍경을 캐낸다고 믿고 있었군

지층에서 지구를 캐낸다고 믿고 있었군

〈

　한밤내 꾼 꿈-비스듬히-비-스-듬-히-빗어내리며

　구부구불한 시집을 내고 있었군, 다락까지 채우는 시집의 대열에 끼고 있었군, 하얀 무좀 먹은 종이로 구령을 부르고 있었군, 하낫, 둘, 하낫둘,

　삶은 각주 또는 부지런한 인용, 농담-쓸쓸한, 그러나 그러나…… 무좀 시집

[무좀 시집]

　　　　　　　　　　　　　　　　　　　　강은교

셔츠와 셔츠 사이에 어둠은 흐르고

스커트와 스커트 사이에 어둠은 흐르고

검은 마네킹과 흰 마네킹 사이에 어둠은 흐르고

검은 핸드백과 흰 핸드백 사이에 어둠은 흐르고

반바지와 반바지 사이에 어둠은 흐르고

손수건과 손수건 사이에 어둠은 흐르고

열린 덧창과 덧창 사이에 어둠은 흐르고

오렌지 빛 불빛과 초록빛 불빛 사이에 어둠은 흐르고

황무지 황무지에 어둠은 흐르고

[사이에]

고래₂₀₂₀

계획 없이 살아도 편안한 나이가 된 것 같다. 계절이 바뀔 때마다 새로 태어나고 사라지는 생명과의 교감 그리고 가끔 거기서 얻는 감동을 시로 꽃피우는 즐거움이라니, 그 고마움이야 더 말해 무엇하리. 그러고 보니 제멋에 겨워 덤벙대던 젊은날의 멋도 나름대로 멋은 있었지만, 무언가에 매어(구속) 사는 것 또한 그 못지않다는 생각이 들기도 한다. 요즘 내가 그렇게 매인 듯 풀린 듯 계획 없이 살고 있다.

시인의 말 _ **김형영**

화살시편 30
— 똑 같네 똑같아

정의를 외치는 사람들
대문 열고 들어가기만 하면
칼춤 추고 싶어 못 견디겠나봐

똑 같네 똑같아
저러다 정의의 씨를 말리겠어

화살시편 31
― 술복, 죽음복

술병 들고 나발불다
곤드레만드레 나자빠지거든
죽음아,
늦지 않게 찾아오너라

너 없이 나는 더 못 산다

김형영

화살시편 32
— 세파世波

바람 불어 흔들리는 나무에게
그만 흔들어라 목에 핏대를 세운다고
나무가 꼿꼿이 서 있겠느냐
목청이 나무가 되겠느냐

세파에 시달리며 한 번 살아봐라
사는 게 어디 뜻대로 되는 줄 아느냐?

화살시편 33
— 나비

저 나비 어딜 가려고
천방지축 비틀대나

옮겨봤자 옆 꽃부리 아녀?

김형영

화살시편 36
― 누가 네 이름 부르거든

무엇 때문에 입산入山하느냐
너를 부르는 건
하산下山뿐인데

무엇 때문에 하산하느냐
너를 기다리는 건
입산뿐인데

누가 네 이름 부르거든
못 들은 척 귀머거린 척
집에 그냥 가만있거라.

화살시편 37

― 척도

봄이 오는 길목에
건밤 풀잎 하나 돋았다
그 순간 지구는
새로 난 풀잎 끝에 맺힌
이슬방울 중심으로 돈다

세상이 좀 바뀔까?

김형영

화살시편 39
— 봄꽃

봄꽃들 한꺼번에 피지만
다투는 일 없고
제 몸 단장에 봄 지는 줄 모른다
밤낮없이 세상을 밝히고는
미련 없이 떠나는
저 꽃모습,

보았을까?
모이면 싸우는 저기 저 잘난 건달들!

화살시편 45
― 죽고 싶어도

죽고 싶어도
죽고 싶어도
죽지 못하는 저 사람
죽고 싶어 그런 게 아닐 거야

나를 돌아보던 그 눈에
먹장구름 가득 했어

김형영

화살시편 57
— 2019 섣달 그믐날 밤에

한 해가 또 저문다
지나온 시간을
화롯불 살리듯 뒤져 본다
고향이 그립기는 해도
이제는 너무 늙고 지쳐
마음만 굴뚝같다
창문을 열고
멀어지는 황혼을 따라가다
스스로에게 묻다
너는 잘 익었느냐?
떠날 준비는 됐느냐?

화살시편 61
— 유혹

얼마나 먹어댔기에
시도때도 없이 똥을 싸대냐
그러면서 똥이 더럽다고?

밤낮 사십 일을 굶었으니
얼마나 밥이 그립겠느냐
그토록 똥을 바라보는 심정 알 만하다

김형영

하늘에 종소리 퍼지듯

시간이 찾아왔다
가자가자 저 언덕 너머로
꾸물대지 말고 어서 가자.
무엇 때문에 옷을 갈아입느냐
육신은 왜 또 챙기느냐

가져갈 게 남아있거든
쓰레기통에 버려버려라.
미련을 가슴에 묻지 마라

남몰래 베푼 자선이 있거든
이번에는 그것도 지워버려라.
하늘에 종소리 퍼지듯
가자가자 저 언덕 너머로

큰일났네

하늘의 주인은 누구지?
그야 바라보는 사람의 것이지.
바라보는 게 개라면?
벌레라면?

죽는 날까지 하늘만 바라보는 나무는?
바다는?
완고한 묵비권자默秘權者
저 바위는?

— 하늘에 한 말씀 드리건대
정녕 당신의 주인은 누구신가?

뭐라구요?
하늘은 하늘의 것이라구요?
아이쿠, 큰일났네!
이제 하늘까지 제 것 챙기시나.

김형영

길이 안 보여

안 보이네 안 보여
앞이 안 보여
그러니 뒌들 보이겠어.
내일이 안 보여, 어제도 안 보여

이제 어디로 가야 하지
오늘도 날은 샜는데
어딘가 가긴 가야겠는데
안 보여

세상이 눈앞인데 다 어디 갔나?
내 눈이 삐었나?
땅이 안 보여, 하늘도 안 보여
어디, 어디, 너는 보이니?

에이, 지미럴!
길이 안 보여

쌍무지개

하늘이 싫어할 일을 얼마나 저질렀다고
천둥번개는 먹구름 뒤에 숨어서
불벼락을 쳐대는가.

누굴 얼마나 서럽게 하였다고
석 달 열흘을 밤낮없이
노아의 홍수 퍼붓듯 소나기는 쏟아붓는가.

뉘우칠 길은 장막에 가려
남몰래 제 탓이오 가슴을 쳤을 뿐인데
하늘은 언덕 위에 무지개를 걸어 놓으시네.

하늘은 싫어할 일이 하나도 없다고
어서들 모여 건너오라고
쌍무지개 다리를 놓고 기다리시네.

김형영

11월 오후

집안 구석구석
쓸고 닦고 나서 아내와 마시는
초이스 커피 한 잔

창가에 앉아
관악산 봉우리마다 떠도는
뜬구름 바라보는
가을 오후의 넉넉함이여

아쉬움은 오늘도 저물어가지만
여전히 마음 여민 듯 따스한
초이스 커피 한 잔.

고래 2020

러시아에서 3만 년 전의 꽃씨앗을 싹틔웠다고 한 게 언제던가.
기후가 변하고 세상 인심도 변하고 있다. 그러나 변하지 않는
것이 있다고 시인은 믿는다. 3만 년 동안 동토에 묻혀 있었던
씨앗처럼 시의 씨앗도 언제든 그대로 나타나 꽃을 피운다. 그것
을 찾아서 간직하는 게 시인이다. 그래야 세상은 제 길을 잃지
않는다. 오늘도 제 길을 찾아가는 내가 있다. 17세에 어느 대학
백일장에 나갔던 이래 지금까지 변함이 없는 내가 있다.

윤후명 _ 시인의 말

갯메꽃 피는 바닷가

강릉 단오가 내일, 강문의 바닷가에서
갯메꽃 피는 저녁을 맞는다
등대는 빛을 내비치기 시작하고
어둠이 살얼음처럼 깔린 모래밭은
검푸르게 삶을 휩싼다
나와 그대는 사라지는 사람들처럼
여기가 어디인지 서로에게 묻는데
갯메꽃이 모래밭에 피어 있다
그렇지, 강문 진또배기가 저기
우리는 사라지지 않았구나
우리는 검푸른 어둠 속에서
어디론가 헤쳐 나간다
그 속에 삶을 비추려고
등대는 순간을 반짝 확인한다
단오를 맞이한 삶이 갯메꽃으로 꽃핀다

엉겅퀴꽃 가시

늘 하염없이 걸어오던 들길
엉겅퀴꽃 가시를 보고 배웠네
하염없이 걷는다는 건
그 가시를 본다는 것
가시로 사랑을 말한다는 것

윤후명

새소리의 순간

새소리는 우리를 위해 운다
그들의 소리라 해도 우리가 듣는 순간
우리의 소리가 된다
사랑의 소리이기 때문이다
아름다운 무지개 소리이기 때문이다
무지개는 우주에 있는 모든 소리를
빛깔로 나타내려고 빛나기 때문이다
새의 부리가 무지개를 뽑아
우리의 한 순간을 빛낸다
사랑이 무지개가 되는 순간이다

삼청동 비술나무

모두들 세상을 떠났다

마지막, 아버지는 국군병원에 가두어졌다

지금 그곳에 가서 나는 세 그루 비술나무를 본다

서울 변두리에서 무배추와 돼지를 기르던 아버지

아버지는 내가 법관이기를 바랐다

실패는 계속되었다

법은 우리에게 쓸모없었다

나는 어두운 밤길 언덕을 넘어 집으로 돌아오곤 했다

돼지들에게 쓸모없는 법을

내게 옮겨놓으려는 아버지

나는 그걸 시로 적어놓기 시작했다

시가 아닌 넋두리였다

넋두리 속에서 영혼은 어떻게?

어지러웠다

그러나

오늘 국립현대미술관 서울관에 가서

비술나무를 본다

뒤샹의 유명한 '소변기' 앞으로
아버지의 지프차가 어디론가 달려간다

소루쟁이

들로 나가 소루쟁이 잎사귀를 잘라다
라면에 넣고 끓이던 시절이 있었다
소루쟁이 라면이라고 부르며 끼니로 삼았었다
홀로 이걸 먹고 시를 쓰는 시인이 있을까
묻는 내가 어리석었다
무엇이든 먹고 시를 쓰는 게
시인이라고 몇 번이나 말했던가
라면에 넣을 푸성귀가 있으니
그게 행복이라고,
그게 사랑이라고,
그게 운명이라고,
그게 시인이라고,
몇 번이나

윤후명

'달마고도(達磨古道)'의 음악회

'앵두주스를 미황사 찻잔에 따르고
감나무에서 떨어진 감꽃꼭지를
본다'

그대는 가는 봄을 그려놓는다
늦뻐꾸기는 멀어져가며 울고
남쪽 미황사에서는 음악회 소식을 전해온다
나는 '달마고도'를 가는 듯한데
험난한 길에 하프시코드, 바로크 바이올린이
울려온다
어려움이 아름다움이라고
달라이 라마가 법어(法語)를 내리면
라다크에서 다람살라에 이르는 집앞 길
나는 그대가 가는 봄 속으로 걸어간다
물론 오체투지의 발걸음이다
고맙습니다
나는 땅에 엎드려 흙의 소리를 듣는다

어느 수도승

새를 말하기 싫었는데
몽골에서 만난 그 새는
말하지 않을 수 없다
나는 그 알에서 태어났기 때문이다
그러기 위해서는 또한 조장(鳥葬)을 말해야 한다
나는 그렇게 죽을 것이기 때문이다
새는 내 몸을 갈갈이 찢으며
부리로 내 피를 빤다
나는 수도승이라고 내 신분을 밝힌다
새는 괜찮다고 나를 위로한다
여지껏 내뱉은 말들을 삼키면
영혼은 편안해질 거라고 말한다
말들을 삼킨 나는 빈 축음기처럼 돌아간다
나는 너무 오래 헤매다녔어요
만난 사람들도 셀 수 없이 많은데 어느새 하나도 없
군요
이제는 가야 해요

윤후명

그리고 나는 불사조를 따라 영원히 떠나려 한다
이제야말로 수도승이 되는 것이다
……강릉행 케이티엑스 열차가 출발합니다
여기는 청량리역……

목월(木月) 나그네

선생님은

'송홧가루' 속에서 '도마뱀 3형제'와 '윤사월 뻐꾸기'를 데리고

'밀밭길을 구름에 달 가듯이 가는 나그네'였습니다

그래서 저 역시 연세대학에서 시를 배우며

나그네가 되었습니다

시를 배우는 길은 홀로 나그네가 된다는 뜻이었습니다

즉, 없는 길을 홀로 간다는 뜻이었습니다

결코 도달 못하는 머나먼 길을 간다는 그 뜻

그래서 '도마뱀 3형제'는

책갈피에 숨어서 냉혈(冷血)을 배웁니다

뻐꾸기는 송홧가루 사이로 몸을 감춥니다

도마뱀은 꼬리를 끊고 뻐꾸기 울음소리를 듣습니다

시는 그 꼬리에 숨이 붙어 노래합니다

그래서 시도 나그네가 됩니다

언제까지나 나그네가 됩니다

윤후명

붉은 장미의 노래

그 뜰의 붉은 장미처럼
그대의 마음 붉었네
오랜 세월이 지났으나
그 붉음 잊지 않고 마음에 간직하네
우리가 맑게 살려는 것은
그 꽃을 배웠음이니
오늘도 남몰래 바라보네
'순수한 모순'을 노래한 시인처럼
가시는 날카롭게 우리를 지키며
사랑을 말하네
그 꽃의 정렬과 지혜를 배웠음이니
우리의 만남이여
언제나 붉음이 짙어지네
꽃에게 배운 사랑의 마음이여
오랜 세월이 지났으나
우리와 함께 하네

사람주나무의 이름

알 수 없는 나무 이름을 들은 지

30년

그래서 못 본 건 안 쓰리라 한 지

30년

아직도 못 보고

겨울 아침 하는수없이 이름을 부른다

사,람,주,나,무,

기어코 그 이름 불렀구나, 하면서 나를 본다

나이 여든으로 가면서도

아 이런,

못 부른 이름 그리 많은데

그래도 지구는 돈다, 하면서

무슨 소린지 비명도 지르지 못하고

달팽이처럼 세상을 떠돌았다

이 아침, 부끄러워 사람주나무 이름만

기어드는 목소리로 부르다

윤후명

쿠바 이야기 1
— 말레콘의 헤밍웨이

아바나에서는 방파제 말레콘으로 가서
카리브 바다를 본다
시장에서 집어든 화가 다닐로의 그림에는
양을 끌고 가는 사람도 있지만
실체는 없다
쿠바는 실체 없는 환상으로 이루어진 섬이다
그러나 헤밍웨이의 집에 걸려 있는 커다란 사슴은
벽에서 대가리를 내밀고
나를 내려다본다
여자들 퀭한 눈으로 내다보는
뒷거리의 술집으로 가면
말레콘에서 내가 끌고 온 양 한 마리
헤밍웨이의 술을 대신 권한다

쿠바 이야기 2
— 말레콘 카페

강릉 바닷가 앞길에 카페가 있었다
그 앞길을 나는 아바나 말레콘이라고 부르고 싶었다
낯선 곳에 가면 늘 그랬다
그것이 지구의 일이라고
그것이 문학의 일이라고
그것이 나의 일이라고
오래 전 끊은 술을 마시는 내가
말레콘 카페에 홀로 앉아 있었다

윤후명

쿠바 이야기 3
— 생선 통조림

아바나 시가를 피워 물고
혁명 광장의 시인 호세 마르티 동상 옆에 선다
이제 세상을 이야기하기엔
지구는 너무 늙었다
다만 연기와 함께 그을은 이데올로기를
과메기처럼 뜯으며
사랑하는 사람 고국에 둔 채
낡은 혁명 깃발에 눈을 의심한다
이게 뭐냐고
고국에 전화 한 통 못하고
카리브 산호 바다의
청람색 눈물 띄워보낸다
지구 늙었어도 그대 늙지 말라고
세상 말 대신에
사랑 말 하자고
혁명 광장의 시인 호세 옆에서
그의 「관타나메라」 시를 떠올리며

아바나 시가를 피워 물고
오래오래 멀리멀리 보라고
지구처럼은 늙지 말라고

　　　　　　　　　　　　　　윤후명

쿠바 이야기 4
— 한국어

쿠바인 안내자 청년은 김일성대학에서
한국어를 배웠다고 했다
외교관인 아버지를 따라
평양에 가서 대학을 다녔다는 것이다
헤밍웨이가 『노인과 바다』를 쓰려고
배를 탄 작은 포구로 안내한 것도 그였다
그리고 높은 나무에 화염처럼 붉게 핀 꽃을 가리키며
이름이 후람보얀이라고
가르쳐주었다

쿠바 이야기 5
— 체 게바라

체 게바라는 수염을 기르고 베레모를 쓴 채
아파트 바깥 벽면에서
모두를 노려보고 있다
안데스 산맥에서 그가 잡혀 가던
산모퉁이 길을 기억한다
우리 모두는 어디론가 잡혀 간다고
그는 말하고 있는 듯하다
꿈꾸던 혁명을 이루었을까
아바나 시가와 시집 노트 사이에서
그는 오늘도 모든 걸 바꾸자고
주먹을 불끈 쥐고 있다
흩날리는 담배연기도 시와 혁명을 말하고 있다
묶인 채 총알을 맞은 그는 들것에 실려 살아난다

윤후명

쿠바 이야기 6
― 발코니의 빨래

낚시꾼들은 배를 타고 떠나고
아바나 요새의 대포는
바다를 내려다보고 있다
나는 포신을 쓰다듬는다
카리브 바다는 무지갯빛 띠를 두르고
옛 해적들 배의 닻을 어루만진다
조용해진 서인도제도의 풍랑을 넘어가며
라디오에 나오는 카스트로의 목소리
에메랄드 바다는 다시 진초록빛으로 변하고
나는 낡은 집들의 지붕 위로 시가 연기를 날린다
발코니에 빨래가 돛처럼 펄럭이면
나도 어디론가 떠나야 한다

쿠바 이야기 7
— '대항해'의 시대로

멕시코의 칸쿤을 떠날 때부터
나는 무엇을 보려 했을까
치첸잇사의 피라미드를 지나
카리브 바다에 몸을 담그니
벌써 쿠바는 가까웠지
이구아나의 모습은 여전해서
나는 그 고기 스튜를 먹으려 했지
순간, 아바나 거리에 난데없이 나타난
'세계청년축전'의 한글 포스터
여러 해 전에 한 여학생이 평양으로 갔던
그 행사를 이어 열린다고 했지
산호초가 있는 저녁빛의 바다를 바라보며
'대항해'의 시대를 거슬러오른 듯
바다 아닌 무엇을 보고 있었지

윤후명

쿠바 이야기 8
― 시 쓰는 소년

'부에나 비스타 소셜 클럽'은 어디선가 노래하고
알 카포네의 별장은 어둠에 싸여 있다
어두워지자 우리는 몸을 숙이고
원시 암각화 밑을 지난다
쉿, 이곳은 우리와 외교를 맺지 않았으니
일찍 들어가야 해요
마에스트라 산속을 가는 게릴라처럼
붉은 꽃잎을 입에 문 이구아나처럼
나는 몸을 움츠린다
한국에서도 움츠리고 살아온 나날
왜 그래야 했을까
시 쓰는 소년으로 평생을 보내왔건만
왜 그래야 했을까

거동 수상자의 길

이상(李箱)이 살던 집 맞은편에 자리잡고 문학을 이야기하기도 하고 머물기도 하게 된 지도 10년이 넘었다. 삶이 이런 것이로구나 알게 된 것 같기도 한데 떠올리면 아직 젊다는 생각만 든다. 그의 도치법이 작용한 때문인지도 모른다.

이상, 그는 누구인가? 알 사람이 있을까마는 그는 '거동 수상자'인 것만은 사실인 것 같다. 그는 그 죄목으로 잡혀서 죽어가지 않았던가. 그러므로 그의 문학도 거동 수상 '작'이 아닐 수 없다. 나는 낙백해 있던 나이 50에 이상문학상을 받음으로써 문학을 새로 시작했다고 할 수 있으므로 이 거동 수상자에 남다른 느낌을 갖지 않을 수 없는 것이다. 그 이름은 이미 잘 알고 있었다 해도, 『문학사상』 창간호에 구본웅 화가의 그림으로 그의 초상이 실림으로써 나는 그에게 구체적으로 다가갈 기회를 갖게 되었다. 파이프를 물고 담배를 피우고 있는 모습이야말로 '거동 수상자'가 아닐 수 없었다.

이 거동 수상자가 다니던 길을 더듬어본다.

어느 날, 지하철 경복궁역 4번 출구로 나서서 청와대 쪽으로 고즈넉한 길을 걷다가 '보안여관'이라는 얄궂은 이름의 낡은 간판을 본다. 옛날 여관은 이런 몰골이었지, 하며 과거의 나로 돌아가 기웃거리는 순간 입구의 작은 안내판이 눈에 들어온다. 깨알 같은 글자 가운데 '서정주 등이 시인부락을 만든 곳'이라는 구절을 읽는다. 아, 그랬었구나. 여관 건물은 옛 모습을 그대로 간직한 채 지금 미술 전시관으로 사용되고 있다. 그리고 신문기사에는 다음과 같은 구절도 검색한다.

일제강점기인 1936년 서울 종로 통의동에 22살의 청년 서정주가 나타났다. 경복궁 근처 허름한 여관에 짐을 푼 서정주는 김동리, 오장환, 김달진 등 동년배의 시인들과 문학동인지 『시인부락』을 만들었다. 통의(通義·의가 통하다)라는 동네 이름 때문이었을까. 뜻을 같이한 이들의 작업을 오늘날의 학자들은 한국 현대문학의 본격적인 등장이라고 평가한다. 이들이 머리를 맞대고 젊음의 꿈과 희망, 현실에 대한 불만을 토론하던 곳. 1930년대 문을 연 통의동 2-1번지 보안여관은 처음 등장부터 일반 여관과는 달랐다.

청와대와 경복궁, 광화문, 영추문, 통인시장, 북악산,

인왕산으로 둘러싸인 통의동은 독특한 공간이다. 멀리 조선시대에는 겸재 정선과 추사 김정희가 태어나 수많은 얘기를 남겼고 시인 이상은 '오감도'에서 통의동을 '막다른 골목'이라고 표현했다.(서울신문 박건형 기자)

이렇게 겸재 정선, 추사 김정희 같은 이들이 태어난 곳이기도 하지만, 그에 앞서서 무엇보다 '세종대왕 나신 곳'으로도 기억되어야 하는데, 선뜻 이상의 이름이 가까이 다가온다. 그가 살았던 집은 길 건너 통인동이다. 하기야 말했다시피 엎어지면 코 닿을 거리라고 표현해도 되는, 같은 동네. 올망졸망한 동네들의 서촌은 온통 골목길이 미로처럼 이어진다. 그 '막다른 골목'들마다 이상의, 혹은 이상의 아해들의 그림자가 어려 있는 곳이다.

2010년은 그의 탄생 백 주년이 되는 해였다. 언제나 현실이 아닌 환상 속 인물로 여겨지던 그였다. 그는 건축을 공부했고, 시와 소설을 썼으며, 또 그림도 그렸다. 예전의 그가 관념 속의 이상이었다면 나는 비로소 그의 존재를 현실 속에 구체적으로 받아들이고 있었다. 게다가 최근에 그의 난해한 시들을 새로운 독법으로 일목요연하게 정리한 권영민 교수의 『이상 전집』도 큰 도움이었다. 친구인 구본웅 화가가 선물한

윤후명

오얏나무(李) 화구상자(箱)에서 본명 김해경 대신 필명 이상을 쓰게 되었다든가, '且八'은 '具'의 파자라든가, 지하실에서 씹고 있는 '콘크리트'는 빵의 비유라든가 하는 해석은 쉽고 유효했다. 아울러 가수 겸 화가인 조영남이 그를 '최초 최후의 다다이스트'로 추앙하여 벼르다가 쓴 책 『이상은 이상(異狀) 이상(以上)이다』의 진정성도 살갑게 다가왔다.

그러나 어쨌든 모든 설정을 떠나서 그는 언제나 '막다른 골목'의 수수께끼 같은 모습일 뿐, 암호와 상징의 문학이요, 삶이다. 아니, 언어도단의 문학이 신기루처럼 저기에 있다. 그러니까 그 자체를 실상으로 받아들이지 않으면 안 된다. 백 년이 된 사람이 지금의 우리보다 더 현대적으로 읽히기도 하는 마술이다. 그가 앓은 폐결핵이 「동백꽃」의 김유정이 앓은 폐결핵과는 다른 '거동 수상'의 치명(致命)을 말하고 있는 것도 같은 맥락이다.

숨막히는 현실에서 그의 '날개'란 한낱 남루의 이름에 지나지 않았는가. 그의 영혼의 방황에 그저 가슴이 막막할 뿐이다. 하지만 지금도 우리는 누구나 스스로에게 '날자꾸나'를 외치며 발버둥칠 수밖에 없는 존재라 할 때, 그 역시 시간을 뛰어넘어 현존재로 어느 골목엔가 살아 있다. 그래서 서촌의 미로를 헤매면, 비록 이곳은 아니었더라도, 여기저기 그가 경영했던 카페인 제비, 무기(麥), 69 등의 이름이 떠오르며, 봉두난발의 그가 담배를 피워물고 신음처럼 '날자꾸나!'를 내뱉는 소리가 들리는 듯하다.

뒤늦게 일본으로 간 그는 '거동 수상자'로 경찰에 붙잡혀 조사를 받고 병약한 몸을 이승에서 거두고 만다. 27세의 나이였다. '반도인'으로서 하는 일도 없는 폐결핵 환자인만큼 거동이 수상하기야 했겠지만, '날개'를 달고자 한 그의 의지가 더욱 그렇게 보였으리라.

10년 전에 그의 탄생 백 주년을 맞이하여 민정기, 서용선, 오원배, 황주리, 김선두, 이인, 최석운, 한생곤, 이이남 등 화가들이 그의 모습을 담은 작업을 선보였다. 이상 자신이 화가였으니, 화가들의 작업은 이제까지와는 남다른 면모를 보여줄 것이라는 기대와 함께였으나, 나로서는 어떤 화가라 할지라도 그를 그리는 건 아예 불가능할지 모른다는 생각에 젖었다. 그의 예술 자체가 불가능의 비상(飛翔)을 뜻하기 때문이다. 그렇다면 그의 '날자꾸나'를 화폭에 담아낼 불가능의 미학 또한 우리의 몫이 아닐까.

교보문고가 주최한 이 행사에 여러 화가들과 함께 참여하게 된 나는 10년이 지나 지난해부터 그의 시에 나오는 '육면체'가 늘 머리를 떠나지 않았다. 나는 오

081   윤후명

래 전부터 그가 노리고 있는 포인트는 무슨 까마귀 종류나 골목보다도 이 '육면체'의 정체에 있다는 생각이 짙었다. '육면체'란 무엇인가. 그것은 '정육면체'로서 '순수'라고 그는 시 구절에서 알기 쉽게 암시하지 않았던가. 그것은 그의 지향점이라고 나는 받아들였다. 나는 그렸었다. 그의 친구인 구본웅이 그린 '초상'을 본뜨고 물론 까마귀 비슷한 새도 그렸다. 거기에 나는 정육면체를 놓았던 것이다.

우리 문학의 골목에서 '날자, 날아보자꾸나!'를 외치는 사람에게 어느날 '정육면체'의 비밀은 저절로 풀릴 것은 물론 그 자신도 막다른 골목에서 환히 벗어나리라는 희망을 품어본다. 그로부터 다시 10년이 지나 '이상 탄생 110주년'을 맞는데, 그러나 이상은 언제나 희망과 절망의 양면 얼굴로 저기에 담배를 피워물고 있구나.

나의 이상문학상 수상작 『하얀 배』는 1994년 중앙아시아에 다시 갔다 와서 비로소 쓴 것이었다. 처음 1992년에 갔을 때는 그곳의 이야기를 쓰지 않으려 했었다. 그러다가 다시 가서 무엇인가 우리 말과 글을 소재로 써야겠다고 마음먹었다. 우리와 동떨어져 살고 있는 우리 민족이 우리 말 우리 글을 쓰고 있는 것

자체가 숭고한 것이었다. 나는 작가로서 그 사실을 쓰지 않으면 안되었다. 그것이 나의 삶이고 우리의 삶이었다. 이로써 이상이라는 '거동 수상자'의 문학을 조금이라도 따라가서 '날개'를 달 수 있었는가. 나는 중앙아시아의 광야에서 물어보고 싶었다. 그래야만 '박제가 된 천재'는 숨을 쉬며 살아나지 않겠는가.

20대에 받아들인 그는 내게 늘 살아 있는 존재였다. 지금도 역시 그러하다. 그는 언제나 서울 서촌의 '도로로 질주' 한다. 그리고 '날자꾸나'를 외치고 있다. 그럼으로써 그는 젊은, 어린 '아해'의 순수를 보여준다. 순수를 잃으면 문학은 자멸하고 만다고 믿는 나는 그가 그러한 삶의 귀감이라고 여긴다. 그의 『오감도』는 내 삶을 내려다보며 갈 길을 알려주는 한 마리 새를 말하고 있는 게 아닐까, 하고 나는 가끔 하늘을 올려다본다.

윤후명

동인지 원고를 정리하다 보니 시가 많이 짧아진 게 눈에 띈다. 말이 넘쳐나는 세상에 대응하는 방법이 달리 나에게는 없다. 내가 말을 줄이는 수밖에. 더구나 이즈음 코로나19로 무슨 말을 해도 이 소란한 세상을 뚫고 사람의 귀에 말이 들어갈까 싶다. 돌아다니는 게 남에게 폐가 될까 두려워 이참에 진드감치 들어앉아 장자를 읽으며 마음을 다스리고 있는데 道隱於小成하고 言隱於榮華라는 제물론의 한 구절이 유독 내 눈을 찌른다.

정희성 _ 시인의 말

2019년

올해는 3·1 운동 백주년이 되는 해
아직도 우리는 독립운동을 하고 있구나

구붓하여 구순하다*

이원규가 지리산 주인인가 했더니
거기 김인호 시인이 있었구먼
섬진강 주인이 김용택인가 했더니
거기 박남준 시인도 있었구먼
지리산 줄기 섬진강 굽이가 구붓하더니
거기들 구순하게 깃들어 있었구먼
부대끼며 거기들 깃들어 있었구먼

*김인호 시인의 시 「지리산에서 섬진강을 보다」의 첫 구절

정희성

그의 독법(讀法)

사랑이라 쓰고 혁명이라 읽자
이것이 그의 독법
나는 이 말에 주석을 달 수 없다
한 대 얻어맞은 듯
그냥 머리가 띵 하다

인터넷에도 안 나오는 게 있다
그는 평생
운동으로 살아온 사람
고모역 구상 선생 시비 제막식에서
충격처럼 그를 만났다

나 죽으면

나 죽으면 무덤을 쓰지 마라
살 만큼 살았으니
썩은 육신으로 세상에 머무르지 않겠다
죽어 지옥에 가리라
내 아는 사람 다 지옥에 가 있을 테니
천국은 너무 심심하리

정희성

두 노인

팔십 넘어 혼자 살고 있는 한 노인이 말했다
나이 들으니 이제는 고독사가 걱정이라고
그러자 귀가 어두운 다른 노인이 물었다
그게 어디 있는 절이냐고

그 절에 가고 싶다

먼지

털어서 먼지 안 나는 사람은 없다
먼지가 안 나면 사람도 아니다
먼지가 안 나면 사람이
먼지가 될 때까지 턴다
먼지가 사람이 될 때까지
털고 또 턴다

먼지야, 우리는 얼마큼 작으냐*

*김수영 시인의 한 구절을 빌려서

정희성

모탕 위의 봄
― 솔제니찐의 느릅나무 둥치

봄이 왔다

도끼날에 찍혀
쓰러진 느릅나무 둥치
모탕 위에 봄이 와서
겨우내 시든 잎이 매달린 잔가지에
새싹이 움터 나오고 있다

문상

가거라 돌아보지 말고
삶이 그토록 무겁더니
죽음은 너무 가볍구나
창밖에 새가 날아가는 게 보인다
날개가 시리겠구나

정희성

받아쓰기 3

그림을 그리다 말고
장난감놀이를 하길래
윤아 그림 안 그려? 했더니
윤이 왈 생각이 바뀌었는 걸
사람은 생각이 바뀌는 거야
아빤 몰랐어? 그런다

너 다섯 살 맞아?

새집

내가 아는 시인 한 분은 크고 오래 된 은행나무가
있는 영동 천태산 기슭에 새집을 지었는데 그이가 입
주하기도 전에 새가 먼저 날아들어 현관 신발장 위에
둥지를 틀고 새끼들한테 먹이를 물어나르는 바람에
읍내 장에 갈 때도 멀리 서울 나들이 할 때도 문단속
을 못하고 대문 열어놓은 채 외출한다

정희성

세월

1월이 되었다
크리스마스가 멀지 않았다

세월이 흐른 뒤에도

어쩔거나
세상이 분노의 언어로 가득하다
좋은 언어로 세상을 채우자던
신동엽 시인이 가신지 오십 년인데
아직도 우리는 이러고 있구나
아직도 우리는 이러고 있구나

정희성

앉은 소

신학철의 앉은 소 그림을 본 적이 있다 시골 머슴같이 뚝심 있어 보이는 그의 모습이 오롯이 담겨 있는 그 그림을 보고 화가는 자신도 모르는 사이에 제 이미지를 반복해서 그리는 것이라는 생각을 했다 술자리에서 그 이야기를 했더니 그는 처갓집 소를 그린 것이라고 했다 십년 넘게 아내 병시중을 들다 나온 어느 날 인사동에서 막걸리를 마시며 나눈 이야기였다 그에게도 어려운 시절이 있었다 그걸 걱정한 장인이 자기 딸을 굶기나 싶어서인지 그런 걸 그려 밥이나 먹겠냐고 하더란다 그래서 그는 정색을 하고 제 소가 장인 어른 소보다 값이 더 나가요 했다고 해서 한 바탕 웃은 적이 있다 나도 내 안에 무던한 소 한 마리 기르고 싶다 빈 집에 소가 들어오는 꿈을 꾸었다

자유 그 부질없는

자유를 꿈꾸며 살고 있지만 숨을 거두는 그 순간까지도 끝내 자유롭지 못할 것을 나는 안다 그렇다면 자유를 꿈꾸는 것은 부질없는 일 아닌가 그렇다 부질 없는 일이다 그러나 그런 부질없는 꿈을 꿀 자유마저 없다면 사람이 산다는 게 무엇인가

정희성

작별*

  돈암동 어디쯤이었을 것이다. 그날 누구와 술을 마셨던지는 기억이 나지 않는다. 버스에 오르자 나를 보고 반색을 하는 이가 있어, 보니 오윤이었다. 기분 좋게 취해 있었다. 우리는 누가 먼저랄 것도 없이 "한잔 더 해야지." 하고 4·19탑 사거리에서 내렸다. 같은 동네에 살고 있으면서도 집에 들어가는 차 안에서 만나는 일이 드물었다. 우리는 혼자된 할머니가 하는 사거리 해장국집으로 갔는데 그날따라 문이 닫혀 있었다.

  할 수 없이 근처 구멍가게에서 술 한 병 사들고 집으로 가는 수밖에 없었다. 거기서 우리 집이 더 가깝기도 했지만 그가 우리 집으로 가고 싶어 하는 터이기도 했다. 늦은 밤에 술손님을 끌고 들어오다가 마누라한테 무안을 당했던 일이 있어 조심스럽기도 했지만, 오윤이 "행수님요 술상좀 채려 주이소." 하고 넉살을 부리는 데야 우리 집사람도 어쩌는 수가 없었을 터이다. 옷을 갈아입는 시늉으로 마누라 눈치를 살피러 안방으로 들어갔더니 아니나 다를까 마누라가 눈을 찢

어지게 흘기며 아픈 사람 데리고 술이 곤드레만드레
돼가지고 들어와서 또 술상 차려 내란다고 야단이다.

　나는 묵묵부답으로 소주잔을 챙겨다 상 위에 놓고
술을 따르며 오윤과 마주 앉았다. 그는 벽면을 휘 둘
러보더니 대동(大同) 세상을 꿈꾸며 추는 군무도(群舞
圖) '춘무인 추무의(春無仁 秋無義)'**에 눈이 멎었다. 그
리고는 "저걸 색을 칠해, 말아."하고 혼잣말을 하는
것이었다. 나는 그가 하는 말이 무슨 뜻인지 알고 있
기에 그냥 거동만 살필 뿐이었다.

　얼마 전의 일이었다. 간암 진단을 받았다는 걸 알고
있는 터라 이번이 그의 마지막 전시회(1986년 6월 그림
마당 '민' 기획전 '칼노래')가 될 지도 모른다는 생각을 하
며 인사동 전시회장에 들어섰다. 오픈하기 전이라서
그런지 사람이 많지 않았고 전시장도 아직 정돈이 덜
된 채였다. 그는 바람이 불면 쓰러질 깃 같은 자세로
서서 예의 그 소리 없는 특이한 웃음으로 나를 맞았

　　　　　　　　　　　　　　　　　　　　정희성

다. 그러면서 이제 생각났다는 듯이 손을 잡고 안으로 들어가더니 "이따 집에 갈 때 이거 가지고가." 하고 그림을 하나 챙겨 주었다. 두 장을 만들어 왔는데 아무래도 색칠 한 게 눈에 잘 뜨일 것 같아서 전시장에 걸었으니 이걸 집에 가져가라는 것이었다. 나는 "색칠 안한 이게 더 질박해 보여 좋은데." 하고 말하려다 참았다. 그의 그림을 한 장 가지고 싶었던 터에 속으로 얼마나 좋았던가. 두 말 없이 그림을 들어다 집에 다 걸어놓았다. 그러나 언제 쓰러질지 모르는 그였기에 그림을 염치없이 그냥 가져온 것이 마음에 걸렸다. 며칠 후, 약값에 보태 쓰라고 얼마인가를 봉투에 넣어서 병수발을 하던 누님 손에 쥐어주고 오니 조금 마음이 편해지기는 했지만.

　그 일이 있고 나서 얼마 있다가 우연히 버스에서 다시 만난 것인데, 그가 우리 집으로 가자고 한 것은 어쩌면 그림이 걸려있는 내 방을 한번 보고 싶어서였는지 모른다는 생각이 든다. 어쨌든 그렇게 해서 그날은 그가 술을 입에 대도 괜찮을 만큼 건강이 좋아진 것인가 싶게 별 걱정도 안하고 기분 좋게 술을 한잔 하게 되었다. 그것이 그와 나의 마지막이 될 줄은 몰랐다. 그러고 얼마가 지났던가. 풍편에 그가 지리산으로 들어가 기(氣) 치료를 받으며 요양하고 있다는 말을 들었는데 병세는 그냥 그만하다는 이야기였다. 잘 버티고 있구나 싶었는데 얼마 있다가 그가 운명했다는 전화가 왔다. 수업 때문에 바로 달려 가 볼 수도 없는 형편이었다. 장례식에서 읽을 조시(弔詩)가 급하다고 해서 전화로 불러 주었는데, 유홍준은 용케도 그걸 한 자도 안 틀리게 받아 적은 것이었다.

"제목…… 판화가 오윤을 생각하며……행 바꿔서……"

오윤이 죽었다 야속하게도
눈물이 나지 않는다

나이 사십에 세상을 뜨며

친구들이 둘러앉아 슬퍼하는 걸

저도 보고 싶진 않겠지

살 만한 터를 가려

몇 개의 주춧돌을 부려놓고

잠시 숨을 돌리며 여기다 씨 뿌리고

여기다 집을 짓고

여기다 큰 나라 세우자고

그가 웃으며 말하는 것처럼

아직도 나는 생각한다

이것이 나의 믿음이다

그는 바람처럼 갔으니까

언제고 바람처럼 다시 올 것이다

험한 산을 만나면

험한 산바람이 되고

넓은 바다를 만나면

넓은 바닷바람이 되고

혹은 풀잎을 스치는 부드러운 바람

혹은 칼바람으로 우리에게 올 것이다

이것이 나의 믿음이다

그가 칼로 새긴 언어들이

세상을 그냥 떠돌지만은 않으리라

그의 주검 곁에

그보다 먼저 와서 북한산이 눕고

그리고 지리산이 누워있다

여기다 큰 나라 세우려고

그는 서둘러 떠나갔다

*이 글은 오윤화백 20주기를 즈음하여 청탁을 받아 씌어진 것인데 발표 기
 히름 잃고 있다가 이제야 발표한다.

**판화 군무도(群舞圖) '춘무인 추무의(春無仁 秋無義)' 액자 68×84 그림 52×
 68 소장자 정희성

정희성

채근요

있는 이들은 백원 가지고 다투는데
없는 놈들은 시급 만원에 목을 매네

풀뿌리를 캐네 풀뿌리를 캐네
풀뿌리는 캐어서 무엇을 하나
풀뿌리는 캐어서 죽이나 쑤지

'영원토록 변방인' '영원토록 구원인' 시의 사랑법

Q: 선생님, 만나뵙게 되어 정말 반갑습니다. 이제는 대학도 은퇴하신지라 모든 일상과 시가 오롯이 선생님의 것이 되었습니다. 아니 그것들이 선생님을 휘돌아 내면화되는 시간으로 스며들고 있다는 표현이 좋겠습니다. 요즘 이 시간들과 어떻게 사랑하고 또 싸우고 계신지요? "우리가 기다리는 건 우리를 결코 기다리지 않는 시간을 기다리는 것"(여름저녁 오후 여섯시)이란 시간의 손짓은 여전한 것인지요?

A: '시간의 손짓'이라는 표현, 참 좋군요. 주로 설거지와 방닦기, 그리고 한가지 더 말한다면 햇빛 아래서 탁탁 털면서 빨래널기, 그리고 가끔 국선도와 걷기를 하는데 이런 것들이 나에게는 '시간의 손짓'일지도 모르겠네요. 내가 시를 통해 시간을 부르는 행위는 그것들을 통해, 출렁이며 '깊이, 더 깊이' 나를 흐르게

하려는 소망 같은 것이라고나 할까요? 위의 행위들이 그런 시를 나에게 끌고 오기도 하고, 그것들이 주는 이완이 '소리＝소리심'이 있는 의외의 시詩선물을 나에게 하기도 하고, 하면서 말입니다……나는 특히 설거지 하면서 시를 많이 썼어요.「우리가 물이 되어」,「사랑법」이 그렇게 나왔고, 요즘 쓰는 시들도 그런 경우가 많아요. 책들과 메모지가 식탁을 점령하는 바람에 정작 나는 쫓겨나서 싱크대에서 밥을 먹는 아이러니도 자주 일어납니다.(웃음)

Q: 선생님은 최근 김형형, 윤후명(윤상규), 정희성 시인 등 70년대 동인들과 함께 『고래』로 이름 붙인 공동시집을 꾸준히 출간하여 문단의 감탄을 자아낸 바 있습니다. 요즘에도 동인들과 즐거이 어울리며 '서로의 문학 행위에 어떤 간섭도 하지 않은 채 아주 자유스러운 문학'을 마음껏 구가하고 계신지요?

A: 물론이죠. 매달 마월(마지막 월요일)에 만납니다. '마월' 모임이 지속되는 이유 중 가장 큰 것은 문학적 만남에서 오는 자극, 거기서 오는 힘 같은 걸 거예요. 오래동안 문학이라는 걸 했으므로 나올 수 있는 이야기, 거기서 저는 분명 새로운 세계의 진화를 경험하곤 합니다. 아마 저만이 아닐 거세요 '70년대' 동인이 결성된지 벌서 40년을 훌쩍 넘어섰군요. 그땐 상업적인

환경이나 욕망같은 것이 거의 없었으며, 문학만을 위해서 살았다고 자신할 만큼 시를 읽고 쓰는게 주요 과제이자 목표였어요. 비록 이제 모두 일흔이 넘은 나이들이 되었지만 젊은 시절의 꿈을 다시 꺼내들어 그때처럼 서로 다른 목소리와 색깔로 시를 쓰며 어울리고 있으니 매우 즐겁고 고마워요.

Q: 삶이든 시든 그것을 둘러싼 공간은 끝내는 실존의 가장 깊은 곳을 울리는 본원적 처소로 우리를 둘러싸곤 하지요.

아마도 선생님의 실존에 관련된 공간을 꼽아보라면, 세 곳이 가장 유의미할 듯 합니다. 태어난 지 얼마 안 되어 떠나온, 따라서 부모님의 기억과 술회를 통해 재구성되는 함경남도 홍원이 하나고, 기쁘고도 슬픈 청춘의 흔적으로, 또 시를 향한 교양과 체험으로 울울한 서울이 둘이고, 이 두 공간을 잇고 또 벗어나고, 또 되돌아보게 하는 부산이 셋일 듯 합니다. 이 중에선 부산이 특히 구체적인 시공간을 얻으며 '다대포시편'과 '가야 소리집'을 통해 오래전 역사와 지금의 일상을 사는 공간과 시간의 눈금이 새겨졌습니다. 홍원과 서울과 부산은 선생님의 시와 삶에 어떻게 말을 걸어왔고 또 오는지요?

A: 지금 생각해보니 저는 삶터마다 시집 한 권 내면

그곳과의 인연을 끝내곤 했었군요. 다시 말하면 저한테는 공간 하나가 너무 익숙해지면 더 이상 시가 나오지 않기 때문일거예요. 서울에서 부산으로 간 것도 단순히 대학에 취직 되었기 때문 만은 아니었어요. 외견상 취직에 따른 공간이동이긴 했지만. 내가 아는 공간은 서울 밖에 없다, 그러니 내 시의 공간도 서울이라는 지역으로 한정될 수밖에 없다는 시적 결핍감이 부산행을 기꺼이 받아들이게 한 원동력이 되었지요. 그런데 부산이라는 곳, 너무 좋군요. 나의 공간이 부산이라는 베이스캠프를 통하여 사방으로 뻗어나가게 하니까요. 바다도 있구요……. 아까 실향민이라는 말씀을 하셨는데, 원체험에서 멀어진 함경남도 홍원은 어머니의 말씀을 통해 떠오르고 느껴지는 추체험의 공간일 뿐이지만 요새 와선 그 홍원이 나의 상상 속에서 구체화되고 눈앞의 현실처럼 펼쳐지는 경우가 종종 있어요.

Q: 선생님 시세계를 관통하는 게 무얼까 생각해 보았습니다. 그 오래고 또 방금인 시집들을 읽으면서 존재의 '허무'를 향해 울리는 내면의 '소리'가 아닐까 하는 느낌, 더 가만히 듣자니 세계의 '허무'가 우리 존재를 향해 희미하게 웅얼거리는 '소리'가 아닐까 하는 느낌입니다만……, 선생님께 소리란 과연 무엇이

며, 그것은 왜, 또, 어떻게 허무와 생명, 삶의 이편과 저편, 시의 기억과 현재를 말하고 또 들려주는지요?

A: 잘 보셨어요. 내게 시는 정말 '소리'이고 '웅얼거림'입니다. 옛날에 쓴 시 「우리가 물이 되어」를 찬찬이 들여다볼 때가 있는데, 거기에 나도 미처 인식하지 못했던 '소리'가 있더라구요. 이미지가 공간이라면, 소리는 시간이지요. 이 둘이 합치며 서로를 뚫고 나가는 소리의 '관통', 그 '관통' 위에서 과거와 미래는 현재가 되지요.

Q: 선생님 시의 최초인 동시에 최후의 페르소나는 서로 다른 이름으로 불리지만, 저 '허무'와 '시'를 가장 낮으면서 높게 사는 존재들, 그러니까 "가장 일찍 버려진 자이며 가장 깊이 잊혀진 노래"의 주인공들(대상인 동시에 가창자)은 '비리데기(바리)', '유화', '운조', '당고마기고모(고모)'들이 아닐까 합니다. 그녀들을 선생님은 일찍이 '빈자貧者'라 부르셨는데, 내면과 현실, 역사와 현재, 죽음과 생을 가로지르는 '모든' 여성들인 그녀들과는 어떻게 만나셨는지요? 특히 아까도 말씀하셨지만 역사인 동시에 설화의 존재들이었던 비리데기와 유화, 바리를 시의 모든 것의 존재로 다시 전유한 것처럼 느껴지는 리듬(운율)과 해조諧調의 존재 '운조'의 면면이 궁금합니다.

A: 「운조의 현絃」의 '현絃'이라는 단어를 생각하시면 어떨까싶네요. 그러나 '비리데기(바리)'든, '유화'든, '당고마기고모(고모)'든, 그 여자들이 현재의 거리로 와서 현재의 소리에 얹히지 않으면 제게는 아무 의미가 없어요. 그렇게 시와 소리를 내 옆으로 오게 하다 보니까 운조를 만나게 됐지요. 그러니까 운조는 내가 만든 인물이예요, '지금을 사는 비리데기'죠.

Q: 선생님의 시와 산문에 등장하는 가장 인상적인 시구의 하나, 절창 「사랑법」의 끝자락에 보이는 "가장 넓은 하늘은 그대 등 뒤에 있다"라는 명제입니다. 이 표현은 어두운 식민지 현실을 불밝혔던 개벽의 기자로 또 해방이후 혼란에 처했던 불행한 나라의 정치가로, 관료로 묵묵히 걸어가며 새 세계를 꿈꿨던 아버님의 견결한 영혼과 깊이 관련된 것으로 알려져 있습니다. 선생님은 어느 글에서 저 "가장 넓은 하늘"의 모습을 회색빛의 깊은 허공"으로 갈무리하셨습니다. 이 "하늘은" 젊은 시절 선생님 시와 삶에 대한 억압인 동시에 탈출구가 아니었나 하는 느낌입니다." '회색빛의 깊은 허공'은 아직도 존재와 세계를 둘러싼 현실인지요? 아니라면 어떤 변화가 있으신지요?

A: 그래요. '허공'은 저의 키워드의 하나지요. 아직도 거기서 헤맵니다. 그런데 허공에 관한 한 '아버지

의 등 뒤의 하늘'을 떠올리지 않을 수 없군요. 학교에서 돌아올 때면 아버지는 대문앞에서 기다리곤 하셨어요. 그래서 집앞 골목을 돌면 아버지 등 뒤의 하늘과 가장 먼저 만나곤 했었지요. 그 이미지가 제 몸 속의 어딘가에 숨어 있다가 그 시에서 튀어나온 것이지요. 아버지 이미지가 내포한 '절망의 잿빛 허공'이 지금은 꽃피는허공, 분홍빛 눈부신 허공, 또는 허공의 상승 같은 것으로 변하긴 했지만……얘기가 나온 김에 저의 아버님에 관한 이야기를 더 해볼까요?「개벽」을 읽다가 거기서 아버지를 만났어요. 춘산 강인택이 그분인데, 단신도 쓰고 천도교 관련 기사도 쓰고 '도교'에 관한 논문을 연재하기도 하고 그러셨더군요. 그래서 아버지와 관련된 자료들을 찾아보기 시작했어요. 아버지는 일제 때 만해 한용운 선사 아래서 민립대학 건립을 위해 일하기도 하셨더군요. 어찌어찌 내가 모은 자료들로 독립운동의 공적을 인정받아 건국훈장이 추서되고 대전 현충원에 봉안되셨는데, 그 묘소 앞에 세워진 비석에 「우리가 물이되어」의 한 구절을 새겼어요. 이 때문에 가끔 혼자 우쭐해지곤 하지요. 내 시가 아버지의 비석에 새겨졌구나, 새 세계를 결국 만져보지 못했던 그 분의 절망이 조금은 덜어졌겠지……혼자 우쭐해지곤하죠, 시를 쓰기 참 잘했다

구요.

Q: 선생님께서는 문학(시)이란 모름지기 '소수의 문학' — '유배의 문학' — '소외의 문학'이어야 한다고 말씀하신 적이 있습니다. 그 반대편에 '지배의 문학'을 두셨고요. 우리 시의 현실—그것이 내용이든 형식이든—과 관련하여 저 '낮은 곳'을 향하는 '낮은 자(로의) 문학'의 의미와 가치를 다시 한 번 말씀해주십시오.

A: 어려운 얘기군요. 문학은, 흔히 쓰는 정치적 문구를 빌리자면 '나를 위한, 나에 의한, 나의 문학'이면서 '너를 위한 너에 의한 너의 문학'이예요. 이럴 때 의식은 나로부터 너에게로 넘나들거예요. 소수문학, 나아가 유배문학, 소외문학의 탄생이지요. 그것들은 치열하게 될 거예요. 거기서 아마도 가장 낮은 것은 가장 높은 것이 될 수 있지 않을까, 생각되네요······.

Q: 선생님의 말씀을 가만히 듣다보니 벌써 두시간이 흘렀습니다. 두서없는 질의를 "문학이 세계의, 또는 삶의 비판이며 옹호이며 절규, 또는 비명소리인 한 "영원히 힘있고 진화할 것이라는 희망의 언어로 이끌어주신 것 다시 한 번 감사드립니다. 이후의 계획을 듣는 것으로 대담을 마칠까 합니다.

A: 나는 끊임없이 무언가를 쓰고 싶은데 잘 모르겠어요. 낮에는 의사고 밤에는 다 쓴 원고를 책상 서랍

속에 집어(쳐)넣어버리는 러시아의 거의 무명인 작가 칩킨같은, 그런 시인? 나 나름으로는 공간의 소리화가 일어났다고 생각되는 시를 현재까지 한 700~800여 편 써왔으니, 아니, 써왔다고 보고, 다섯권 정도는 더 시집을 내야 1천편이 될 까요? 그래도 작품번호 1000이 넘는 바흐에 미치지는 못하는군요…….(웃음)

*이 글은 평론가 최현식과의 대담(2017년도, 대산문화)을 편집사정상 축약, '대담' 부분을 약간 수정한 것임.

생애 일흔다섯 번째 봄…
여전히 창작의 꿈을 꾼다

—『화살시편(문학과지성사)』

김형영(75) 시인이 열 번째 시집『화살시편』(문학과지성사)을 최근 냈다. 1966년 등단한 김 시인은 지금껏 낮고 여린 음성의 서정시를 주로 써왔다. 현대문학상, 한국시협상, 한국가톨릭문학상, 육사시문학상, 구상문학상, 박두진문학상, 신석초문학상을 받았다. 이번 시집은 그가 지난 5년간 쓴 시 71편을 모았다. 수록작 중 절반이 봄을 노래한 시집이다. 시인은 "사계절 중에서 봄이 시 쓰기에 가장 좋으니까"라며 "어쩌다 보니 봄을 맞아 시집을 냈다"고 말했다.

수록작 중 시「제멋에 취해」는 '세상을 흔드는 봄바람에/ 만물은 꿈꾸기에 바쁘다'고 시작한다. '제 향기에 취해/ 봄바람 품어 안고/ 모두 이디로 떠나려나,/ 하느님도 몸을 푸는/ 봄이 일어서는 날'이라고 노래했다. 시집의 뼈대를 이룬 29편의 연작시「화살시편」에도 봄내음이 짙다. ‘봄바람 없이/ 무슨 꽃이 아름답고/ 봄바람 없이/ 무슨 잎은 생기를 돋우며/ 봄바람 없이/ 무슨 새가 울겠느냐// 그 많은 소문은/ 누가 있어 퍼뜨리나’(화살시편4-소문).

20년 동안 관악산을 오르내렸다는 시인은 “두꺼운 나무껍질을 뚫고 눈뜨는 눈곱 연한 눈엽(嫩葉·어린잎)들을 보면 가슴이 두근거린다”며 “봄은 생명 탄생의 상징이고, 하느님과 같은 창조자라고 생각한다”고 밝혔다. 독실한 가톨릭 신자인 시인은 하느님을 향해 짧게 올리는 ‘화살기도’ 영향을 받아 단시(短詩) 연작「화살시편」을 써냈다. ‘그새 새끼를 가졌구나// 비 맞은 거미줄 뒤에 숨어/ 하늘을 바라보는 거미여’라고 짧게 노래한 것. 시인은 “어느 소나기 내린 다음 날 우연히 거미줄을 보았는데, 거미줄에는 빗방울만 걸려있고 모기 새끼 한 마리 걸려 있지 않았다”며 “새끼를 품었지만 배고픈 거미가 거미줄 뒤에서 마치 하늘을 향해 원망하는지 애원하는지 모를 그런 모습을 목격하는 순간 측은지심이 들어 단숨에 썼다”고 털어놓았다. “거미만을 생각하며 썼지 결코 인간을 비유해서 쓴 게 아니다. 인간이나 거미나 똑같은 생명체이고, 인간이 상위(上位)라는 생각은 조금도 하지 않았다"는 것.

「화살시편」은 현실 풍자도 담았다. '정말 못 당하겠네/ 밤을 낮이라 하고/ 낮을 밤이라 우기는 놈들// 올빼미 너냐?/ 아니면/ 너 말고/ 또/ 누구냐?//나냐?' 라는 것. 시인은 "요즘 정치나 종교가 떼로 모여 우기는 시대를 좀 비유적으로 썼다"고 설명했다. 「화살시편」은 앞으로 100편까지 쓸 생각이라고 한다.

시인은 30년 전부터 「수평선」 연작시를 가끔 써왔다. 이번 시집에선 수평선을 가리켜 '이젠 네 마음 알았으니/ 그냥 거기 있거라' 라며 '한 처음 하느님이/ 그리움 끝에 테를 둘러/ 경계를 지었으니/ 그냥 여기서 바라보며 그리워하마' 라고 했다. 시인은 "그리운 것은 멀리 두고 바라봐야지, 잡을 수 있는 것이 아니다"라며 "수평선을 바라보면 한없는 생각이 떠올랐다 사라지고 사라졌다 떠오르곤 한다"고 말했다. (2019. 4.15)

20년만에 세번째 시집 낸 '시인' 윤후명
—『쇠물닭의 책(서정시학)』

"소설가 Y씨는 예전에 시를 썼다고 한다/ 요즘은 안 쓰느냐고 묻는 사람도 있다/(…)/ 소설가 Y씨는 예전에 시를 썼다고 한다/ 헛소문일지도 모른다"(윤후명 「소설가 Y 씨의 하루」 앞부분과 뒷부분)

소설가 Y(와이)씨가 예전에 시를 썼다는 것은 헛소문이 아니다. 그는 시집 두 권을 낸 바 있다. 등단 10년 만에 낸 첫 시집 『명궁』(1977)에는 본명인 '윤상규'의 이름이 붙었고, 두 번째 시집 『홀로 상처 위에 등불을 켜다』(1992)는 '윤후명'이라는 필명을 내세웠다. 그렇다. 윤후명의 시 「소설가 Y씨의 하루」는 그 자신의 이야기다.

첫 시집을 낸 이태 뒤에 그는 신춘문예를 통해 소설가로 다시 등단했다. 시와 소설을 겸하게 된 것인데,

첫 시집 이후 두 번째 시집이 나오기까지 15년의 세월이 걸린 데에서 보다시피 그 사이 그는 시보다는 소설에 주력해 왔다. 어느덧 '시인 윤후명'보다는 '소설가 윤후명'이 더 자연스럽게 들리게끔 되었다.

그 윤후명이 두 번째 시집 이후 다시 20년 만에 세 번째 시집을 상재했다. 앞서 인용한 시 「소설가 Y씨의 하루」가 포함된 시집 『쇠물닭의 책』(서정시학)이 그것이다. 같은 시집에 실린 시 「고래의 일생」에서 그는 "1969년에 '고래'라는, 태어나지도 않은 시 동인지가 있었다"는 사연을 소개하는데, '고래'란 "조선일보 당선 시인 임정남이 모임에서 내놓은 이름"이었지만 채택되지 않았고, 대신 '70년대'가 동인지의 이름이 되었다. 1969년 4월 25일 발행된 창간호에는 강은교 김형영 박건한 윤후명 임정남이 참여했고, 그 뒤 정희성과 석지현이 동참했다. 1973년 6월 4일로 활동을 멈춘 70년대 동인이 그로부터 40년 만에 최근 합동 시집 『고래』를 펴냈다. 여기에는 작고한 임정남과 오래 시를 쓰지 못한 박건한을 제외한 나머지 동인들이 참여했다. 윤후명도 신작 시를 보냈다. 그렇다. '시인 윤후명'이 돌아온 것이다!

화염산의 옛 원숭이 그림자를 바라보며

비단길 토루(土壘)에서

한 잔 포도주에 머리를 기댄다

로우란(樓蘭)의 모래밭에 스민

내 아득한 삶길

으깬 포도알 같은 추억

사막 아지랑이의 신기루가 향기를 뿜는다

사랑은 이토록

세상 끝에 이르는 길이다 (「눈망울」 부분)

먼 길을 가야만 한다

말하자면 어젯밤에도

은하수를 건너온 것이다

갈 길은 늘 아득하다

몸에 별똥별을 맞으며 우주를 건너야 한다

그게 사랑이다

언젠가 사라질 때까지

그게 사랑이다 (「사랑의 길」 전문)

돌아온 시인 윤후명의 시들은 그의 소설을 닮았다. 여로형 구조 속에 사랑과 존재의 의미를 추구한다는 점에서 그렇다: 그의 소설 무대였던 화염산과 비단길, 로울란을 시를 통해 다시 만나는 느낌이 각별하다. 이곳과 저곳, 현실과 환상을 포개 놓는 기법을 통해 존재를 확장 및 심화시키는 윤후명 득의의 방법론이 새삼 반갑다. 이런 식이다.

> 낙타가시풀 듬성듬성한 초원으로
> 양떼를 몰고 가는 사내
> 나인지도 모른다
> 천산 아래 양고기 꼬치를
> 굽는 사내
> 나인지도 모른다
> 허리춤에 단도를 꽂고
> 먼 사막 해 지는 걸 좇아
> 어디론가 가는 사내
> 나인지도 모른다
> 옛날 바다였다는
> 돌소금 깔린 황량한 광야
> 한 마리 들짐승처럼
> 나는 헤매었다
> 내가 누구인가를 아는
> 그것이 사랑이라고
> 부르기 위하여 (「나인지도 모른다」)

내게 노래가 없다면, 꿈마저 없다면…
—『흰 밤에 꿈꾸다(창비)』

　　정희성 시인은 1970년 신춘문예에 당선해 올해로 등단 50년째를 맞았다. 『흰 밤에 꿈꾸다』는 그의 일곱 번째 시집이니, 시집 한 권을 내는 데 평균 잡아 7년이 조금 넘게 걸린 셈이다.

　　과묵한 사람은 말도 짧은 편이라, 시집에 묶인 시들은 짧은 시들이 대부분이다.

　　"정처 없어라// 구정물통에/ 박씨 하나"(「박씨」 전문)
　　"그대 떠나도/ 거기 있을 거야 나는// 산이니까"(「이별 1」 전문)

　　시인이 의도한 것인지는 모르겠지만, 「이별 1」은 일본의 단시 하이쿠와 같은 17자로 이루어졌고, 「박씨」는 아예 그보다도 더 짧다. 그는 앞선 시집들 후기에서 시 쓰기를 일러 '말 줄이기'라 했거니와, 이렇듯 극단적으로 짧은 시들은 깎고 다듬음으로써 언어의 밀도를 높인다는 시작(詩作)의 핵심에 충실한 결과라 하겠다.

"시는 자신과의 싸움이라는데/ 나는 남과 너무 오래 싸워왔다/ 시가 세상을 바꿀 줄 알았는데/ 세상이 나를 바꾸어버렸다"(「그럼에도 사랑하기를」 앞부분)

이 시와 같은 맥락에서 시인은 이번 시집 후기를 이런 말로 시작한다. "마음을 다스리지 못하니 말에 가시가 돋친다." 좋은 언어로 세상을 채우자던 신동엽의 말을 떠올리며 시인은 자책하고 반성하며, 자신이 부려 온 언어를 향해 미안한 마음을 표한다.

그렇지만 그게 어찌 시인의 타고난 성정이 사납고 입이 거칠어서이겠는가. 세상의 불구와 질곡에 있는 힘껏 맞서느라 시인의 언어가 어쩔 수 없이 거칠고 사나워졌던 것. 게다가 거칠고 사나운 것이 꼭 타매해야 할 성질만은 아닐 것이라고 시인은 생각한다.

"사람들은 그의 손이 너무 거칠다고 말한다// 손 끝에 물 한방울 안 묻히고 살아온 손이 저 홀로 곱고 아름답지

아니한 것은 아니다 하지만 정작 세상을 아름답고 살 만
한 곳으로 만들어가는 것은 기름때 묻고 흙 묻은 손이다
// 시는 어떤가"(「그의 손」 전문)

　비록 질문으로 시를 마무리했지만, 그에 대한 답은
자명하다. 제 손을 더럽히며 세상을 아름답게 만드는
노동자처럼, 시와 시인 역시 언어의 아름다움 못지 않
게 세상의 아름다움에 기여해야 한다는 것, 그러기 위
해서는 어느 정도 언어가 거칠고 더러워지는 것은 감
수해야 한다는 판단을 그는 이 질문에 담은 것이다.
　"자신의 과거를 지우고 싶은/ 혹은 당당하게 미화
하고 싶어하는/ 이 땅의 친일 친독재 세력"(「그러나 그
게 무슨 문제란 말인가」)을 개탄하거나, 신문 기사들을 전
재함으로써 임박한 전쟁 위협을 고발하는(「꼴라주 병신
년 한국전쟁사」) 시도는 그런 판단의 연장선상에 있다.

　"잠이 오지 않는다/ 서정시를 쓰기 힘든 시대가 되었다
/ 그러나 내가 가진 것은 이것뿐/ 내게 노래가 없다면/
내게 꿈마저 없다면/ 나는 무엇인가/ 마지막 한줌의 힘이
빠져나갈 때까지/ 나는 이것을 손에서 놓지 않으리"(「독서
일기 2」 부분)

시인은 서정시를 쓰기 힘든 시대를 호소하지만, 시대 자체가 서정시라면 따로 시인과 시가 필요하지는 않았을 것이다. 시인의 운명이란 서정시를 쓰기 힘든 시대 상황 속에서 힘겹게 서정시를 빚어 내는 것 아니겠는가. 그렇게 시대의 불구와 질곡을 뚫고 나온 시 한 편을 마지막으로 옮긴다.

"봄도 봄이지만/ 영산홍은 말고/ 진달래 벚꽃까지만// 진달래꽃 진 자리/ 어린 잎 돋듯/ 거기까지만// 아섭기는 해도/ 더 짙어지기 전에/ 사랑도// 거기까지만/ 섭섭기는 해도 나의 봄은/ 거기까지만"(「연두」 전문)

고래 2020

1쇄 발행일 | 2020년 05월 25일

지은이 | 강은교 · 김형영 · 윤후명 · 정희성
펴낸이 | 윤영수
펴낸곳 | 문학나무
기획 마케팅 | 03085 서울 종로구 동숭4나길 28-1 예일하우스 301호
이메일 | mhnmoo@hanmail.net

출판등록 | 제312-2011-000064호 1991. 1. 5.
영업 마케팅부 | 전화 | 02-302-1250, 팩스 | 02-302-1251
ⓒ 강은교 · 김형영 · 윤후명 · 정희성 2020

ISBN 979-11-5629-100-8 03810